KB131044

청어詩人選 162

꽃 진 가슴에도 달 뜨는가

양동채 시집

도서출판 청어

꽃 진 가슴에도
달 뜨는가

시인의 말

병원을 오가면서
사는 일이 직업이 되고
입·퇴원을 거듭하면서
시 쓰는 일이 직책이 된 것 같다
막연히 시가 좋고
시를 쫓아다니다 보니
내가 시를 선택한 것이 아니라
시가 나를 선택한 것 같다
잠시라도 집중할 수 있는 유일한 詩의 공간에
나를 붙잡아 두고
지난 삶의 백서를 남긴다

차례

1부

A병동 2318호

A 병동 2318호 1

(C V)

낡은 모자가 낡은 구두가
낡은 세상을 빠져나간다
뼈와 가죽이 낡은 이웃처럼
삐걱거리면서 따라나선다
낡은 외투 속 눈동자가 낡은 손을 바라보면서
헛헛거리는 웃음으로 낡은 청춘을 대신한다
(그의 웃음은 낡은 공기처럼 가볍다)
혈관 통이 있을 것이라는 낡은 혈관으로
저녁뉴스와 함께 낡은 수액이 흐르고
전류가 주입된 돌무덤에 낡은 몸을 뉘인다
극과 극을 오가는 낡은 병상은
낡은 마음과 함께 사물사물 기울고
낡은 심장으로 침전하는 핏빛 물방울들은
그를 낡은 잠으로 데려간다

*C V : cardiovascular, 심장혈관의

A 병동 2318호 2

(C V)

맥박과 맥박 사이를
달빛이 느린 걸음으로 비집는다
붉어진 혈관 속 핏빛 노을과
부풀어 오르는 표피를
인퓨전펌프가 다독이고
모니터의 주기적 신호음이
불면의 심장을 다스린다

A 병동 2318호 3

(C V)

내 몸은 부팅을 필요로 해서
누군가의 부축이나 칩처럼
작은 부품을 필요로 한다
내 몸은 또 침대 위의 고양이처럼 웅크리거나
박처럼 허공을 기어올라 백색줄기 주렁주렁
링거 병을 매달기도 한다
아버지의 말을 듣지 않았던 나는
내 삶을 주관하는 젊은 의사의 지시에 따라
숨을 참기도 하며 훈련된 용병처럼
제법 날렵하게 몸을 누이기도 한다
원시인인 나는
과거와 달리 아버지가 없고
그때 새겨듣지 않았던 말씀을 되새기면서
유언처럼
침전하는 나의 모습을 지켜보게 되었다

A 병동 2318호 4

(C V)

눈사람처럼 굳은 미소와
눈사람처럼 곧추세운 눈썹과
눈사람처럼 삐뚤어진 팔과
혼미했던 영혼아
눈사람처럼 숨을 쉬지 못하고
눈사람처럼 굳게 닫힌 심장으로
차가운 액체가 제 멋대로 내 몸을 흐를 때
요지부동
눈사람처럼 움직이지 못하고
눈사람처럼 햇볕으로 녹아
검은 숯덩이로 땅바닥을 굴렀네
내 청춘이 부풀어 오르다 말고
거짓말처럼 스르륵 사라질 때
입 안 가득 스미던 감미로운 사랑은
깨지기 시작했구나
빙빙 돌아야만 비로소 달콤해지는 솜사탕과 달리
어지럽기만한 나는 산산 바람에 검부러기
세상에 아무런 맛을 내지 못하고

눈사람처럼 자갈눈을 닫지 못한 채
눈사람처럼 세상을 접고 있구나

*산산 : 사늘한 느낌이 있어 추운 듯함
*검부러기 : 마른 풀이나 낙엽 따위의 부스러기
*자갈눈 : 놀라서 자갈처럼 둥그렇게 뜬 눈

A 병동 2318호 5

(C V)

여섯 모퉁이를 돌아
술구기질에 지친 심장을 찾는다
그 길은 무너미가 놓여있는 곳
푸섶길 협곡엔
해그림자 위태로운 핏빛 노을이 외롭고
삶의 행적이
쇠딱지처럼 찌꺼기로 붙어있는 곳
어쩌다 나는 좀비의 모습으로 흔들리고
한 숨통 호흡이 석랍으로 굳어졌을까
어쩌다 도롱태에 매달려 표류하고
달빛을 녹여 수명연장을 하고 있을까
통증을 유발시키는 신고아의 주문이 아니라도
가슴이 아프므로
여섯 개의 여의봉이
혈관으로 가는 길을 넓히는 밤
누군가 날더러
달 속에 토끼나 바라보면서 유유자적하라는……

*술구기질 : 항아리나 독에서 술을 퍼먹는 일
*무너미 : 물이 넘쳐흐를 수 있게 강이나 시내에 막아놓은 낮은 턱
*푸섶길 : 풀 따위가 우거진 길

A 병동 2318호 6

(C V)

홀로이거나
홀로일 수밖에 없는 밤을 서성이며
반향 음으로도 알 수 없는
박쥐의 어두운 그림자 깊숙이
박꽃 같은 달의 정기를 흘려보낸다
날더러 달을 먹으라고
한숨 가득
송두리째 마시라고
달빛이 가벼운 밤
촉루의 맑고도 어지러운 눈물이
주렁주렁 매달려
외줄
위태로운 혈관을 향하고 있는
별똥무늬의 아스프레한 삶

A 병동 2318호 7

(C V)

좁아진 혈관에 의자 몇 개 놓아둔다
여섯 마디
외가락 노래마다 실핏줄 그리움
힘들거든 쉬어가거라
다리품을 풀다말고 소리 없는 통증이
가슴을 치민다
생각건대
얕은 여울과 소곤거리는 삶의 발자취
눈썹달 뜨는 밤이면
마당을 서성이며 나를 기다리던 어머니,
별 총총 내려 앉아
평상 귀퉁이 마다 반딧불이가 되든
어린 날의 회귀를
내 빈약한 심장으로는 되돌릴 수 없어
생의 끝자락
허공으로부터 쏟아지는 별 그림자 뒤로
한 줌 삶을 구한다

A 병동 2318호 8

(C V)

별일도 다 있지
나보다 나를 더 잘 아는 의사는
부처죽음에 식은 몸뚱이를 되살리려는
작업에 열중이다
약간의 소음과 공포가 뒤섞인 수술실에는
이미 다녀간 쇠벙어리 울음이 배어있고
돗바늘에 걸린 나는
죽음으로부터 회귀를……
연어처럼
다시 돌아갈 수 없는 종착역을 상상하면서
쇳빛 도마에 심신을 부린다

*부처죽음 : 가만히 앉아서 점잖게 죽는 모습

A 병동 2318호 9

(C V)

허기진 몸뚱이로 흘러드는
낟알기 같은 물 구슬들
둥글납작 뽀얗거나
벼락김치
잘 익은 호박 같은
흥부네 톱을 빌려다
쓱싹 문지르면 우수수 쏟아질
황금벌레
그만
산어머니 모셔다가 지신굿을 하고 말지
하다가도
흰 옷 입은 저 女人 백의의 천사랬지
불면 날아갈 듯 쥐면 꺼질 듯
밤새 별눈망울 반짝이는 마음 봉우리의
별 농사를 바라다보면

*낟알기 : 곡식으로 만든 적은 양의 음식
*황금벌레 : 배꽃 위를 비추는 노르스름한 달빛

A 병동 2318호 10

(C V)

바늘겨레 하듯
설리설리 염이 끝나고
영혼도 없이
검은 그림자로 누웠네
물 먹은 솜처럼,
아니
시든 꽃처럼 고개 숙인 자식을
아버지는 저승 눈으로
바라보리

*바늘겨레 : 바늘을 꽂아두게 만든 물건
*설리설리: '몹시 서럽게' 의 제주 방언

A 병동 2318호 11

(C V)

제세동기 없이는
말뚝잠을 자지 마라
몽그라진 핏줄을 따라갈 때
고샅길마다 봄맞이꽃
멧비둘기 울음이 한창이다
뭉수리처럼
뼛속 깊이 숨어있던 삶의 찌꺼기가
푸른 강이 그리워 쿨렁 쿨렁
비둘기 울음으로 울리는 것이다
벌룬펌프나
페이스메이커가 필요할지도 몰라
가벼운 술도……
심기능, 심근, 심막
선천성 심장병, 혈관장애, 심부전
많기도 하지
어쩌면 사리가 될지도 모를 핏줄들

A 병동 2318호 12

(C V)

수액을 바라보면서
지성을 잃어버린 고양이를 생각한다
이제는 펄쩍 뛰어오르지 못할 것이야
감각 대신 게으른 침상으로
내려뜨린 호스에 침착된 채
조금씩 비워가는 허기를 충족한다
삶도 한 방울씩 비워내는 것이야
저절로 비워지는 것이야
어머니는 혓돌처럼 살 것을 짐작하셨겠지
허제비가슴에
외가락 울음이 방울방울 내릴 것도

*혓돌: 혀처럼 부리가 나온 돌

A 병동 2318호 13

(C V)

아무래도 박쥐
세상 외진 곳
보리추위를 피해서
허정이는 한 마리 짐승,
냄새도 빛깔도 없는
외오리 길을 따라서
수분을 공급받는 기생식물,
Nutriflex 40, 하트만 용액
D N – twin 1호
cafsol, LIVERSORinj 90.7%
2318호 환자는
자작나무수액이 필요해

*허정이는 : 비틀거리는

A 병동 2318호 14

(C V)

막힌 혈관마다 사연 있으리
은빛 제단에 누워
풍선으로 부풀리거나
철배를 지어 헤집으리
여섯 개의 화살로도 미진한 죄
심장을 꿰뚫어
먼산바라기 먹울음일까?
어린 아이의 투정일까?
울음 끈을 떼어라
영원한 사랑은 없단다
마음과 달리 수술실의 굉음, 굉음
어머니

A 병동 2318호 15

(C V)

밤새 별자리를 찾겠네
강그러진 모양새로 일곱별이 되겠네
물과 전해질이 섞인 수액을 맞으며
한가로이 글이나 짓다가
잠에 빠져 들었다가
하트만 용액이 왜 하트만인가
– 하는 생각을 하다가
수분이 빠져버린 수액제를 바라보며
해쓱해진 얼굴을 매만지거나
쭈그러진 손을 만지작거리거나
효소수치검사, 심장초음파
항응고제, 항혈소판제, 베타블로커라는
혈전용해제를……
말라버린 하늘수박을 연상하면서
봄비음 씀배꽃 볼 수 있으려나?
스텐트 여섯 마디 되창문을 여는데

A 병동 2318호 16

(C V)

난 둥근 말이 필요해
오래된 구름처럼
버려진 석상처럼
온몸 상처투성이
헤진 물길 구불구불
길 떠나는 고양이처럼,
구겨진 종이처럼 웅크리며
혈액 속 알갱이를 주시하는
일곱 번째 방
카테터와 금속그물망

*둥근 말: 모난 데가 없이 따뜻한 말

A 병동 2318호 17

(C V)

한 방울의 피가 영속성을 잃었네
통증을 유발시키는 걸림돌이 되었네
시간은 작은 물줄기처럼
유년과 소년을 흘러와 심장 앞을 서성이네
구비고운 청춘의 두근거림이
글거리만 남은 집처럼 미약하기만 한데
숨 참으세요,
허공을 울리는 목소리 함께
나는 지금
저승 문을 넘어 심판을 받는 거야
과거를 밝히는 단층촬영에 열중이네

A 병동 2318호 18

(C V)

레이저, 캡슐 로봇
PET & C T
위, 대장, 소장, 식도,
동위원소, X-ray, Spect,
거칠 것이 없겠네
감출 수 도 없겠네
지난날의
거짓말 죄 들여다보겠네
어정쩡한 모든 것 낱낱이 고하네
아버지께 드렸던 불충
어머니께 드렸던 불효
실토하겠노라고 서명하면서
생명윤리의 존엄에 동의하네
강제수면의 약물내시경이 고통을 덜어주고
그나마 걱정 끼칠
부모님이 안 계셔서(?) 안심이네

A 병동 2318호 19

(C V)

혈관 속 미확인 물체
암석, 결석,
꽃 진 자리?
이상 징후가 발견되면
무인로버를 투입할 것
물질의 변이가 오면
재입력 프로그램과
칩을 교체할 것
이지를 상실하거나
석회처럼 몸이 굳어지면
어둠의 깊이를 잴 것
(우주의 속내를 알 수 있다)
혈소판이 사라진다
새롭지도 않은 사랑이
뇌를 휘돌아 나간다

A 병동 2318호 20

(C V)

자망에 걸린 生을 휠체어에 실어
일곱 번째 문을 두드린다
지워야 할 사랑과
지우지 못할 사랑이 가슴에 맺혀
심장 가장 가까운 죽음으로 조우,
구겨진 혈관을 비춘다
구석구석 마음도 밝힌다
전생 마장수였을 나는
무엇을 싣고 난장을 헤매는 걸까
애호박 여린 줄기는
무엇을 잡으려고 허공을 향하는 걸까
성궁미를 올려 신 내림을 하리
작두춤을 추리
임이여!
목도리도마뱀처럼
허겁지겁 물 위를 걷게 하지 마소서

A 병동 2318호 21

(C V)

그날, 돌 이슬에 젖어 쇠빛바다를 건널 때
되돌릴 수 없는 청춘과 막힌 혈관과
오행산에 갇힌 손오공을 생각하면서,
여섯 날개를 지닌 치품천사의 은총을 기다리면서
더 이상 고난이 없기를
칠십 두 가지의 도술과 근두운이 쓸모없더라,
고통 없는 인생을 소원하면서
그늘지지 않는 삶을 꿈꾸면서
내 몸을 늘리는 만 삼천오백 근의 여의봉이
더 이상 필요하지 않기를 바라면서
음파기가 보내오는 심박 소리에 귀를 기울인다

A 병동 2318호 22

(C V)

막히면 돌아가라
관상동맥우회술이
소천세계를 잠시 미루는 구나
은총의 불꽃을 틔워
신의 사랑을 보여주는구나
삶의 열망을 도닥여
노을 붉은 하늘자락에
유전체지도에도 없는
마음 길을 열어주는 구나

A 병동 2318호 23

(C V)

내부 수리 중 당분간 휴식
– 과 함께
사람의 권리와 자유를 박탈당한 채
생살권과 금식의 판결을 받고
홍줄에 매달려 병실로 향한다
다양한 캡처서비스와 눈동자와 언어와
씁쓰레한 감정에 휩쓸리면서
햇살에 늘어진
늙은 고양이의 등을 떠올리면서,
물 속 뿌구리가 눈물 염을 한들 무얼 하리
다만
신의 사랑을 기대하면서
하늘 눈시울 붉은 눈물 적신다

*뿌구리: 냇물 돌 밑에 사는 물고기

A 병동 2318호 24

(C V)

울지 말아요
내 몸은 혼의 안식처
산소공급기가 뇌를 깨워요
지난 사랑을 되새기면서
월면화를 벗고
진공상태로 돌아가요
생명유지장치에 의존하면서
다시 백년
침상에 내리는 달, 달빛 속
가을 풀에 몸을 부려요

A 병동 2318호 25

(C V)

슬퍼 말아요
바람이 설워요
가늣한 호스에 매달려
연기옷 아리아리
새꽃 자름자름
눈물세상
유영하듯 흘러
흘러서
달빛 희끄무레한
2318호에 불시착

*연기옷 : 연기 같은 옷, 옷을 연기에 비유
*아리아리 : 무엇이 아련히 흔들리는 모습
*새꽃 : 산갈대꽃 억새꽃
*자름자름 : 조금씩 보기좋게

A 병동 2318호 26

(C V)

구비물에 달 섬이
자물거리는 밤
나무비녀를 꽂은 그녀의 모습에
울음꽃을 피우기도 하고
어룽어룽
동저고리바람에 별꽃을 따러가는
몽상에 젖기도 하네

*구비물 : 굽이물
*자물 : 가물
*어룽어룽 : 어른어른 무늬져 흔들리는
*동저고리바람 : 의관을 갖추지 않은 차림새

A 병동 2318호 27

(C V)

지난 사랑을 노래하자면
설 단풍에 바람이 설겁고
쇠뿔등잔에 밝힌 어둠이 우련하기만 한데
기도하라,
먹장구름 아래
전운이 감도는 중환자실
나는 꽃처럼 움직이지 못합니다
여섯 개의 방패로 무장한 채
천사들의 움직임을 주시합니다
문밖의 문을 열지 못하고
신음처럼 쇠울음, 쇠울음
아~ 쇠울음
외작지에 갇힌 쇠울음소리들

*우련 : 모양이나 빛깔이 비쳐 우러남
*쇠울음 : 억세고 큰 울음
*외작지 : 짝도 없이 외롭게

A 병동 2318호 28

(C V)

울음수레를 타고
돌다리를 건너갑니다
햇살 머금은 시냇물은
개구쟁이 아이처럼
맑은 속내를 내비치며
흘러가기도 하고
혈관 속 비쭉 솟은 돌멩이 되어
아픈 비명을 지르기도 합니다
나는 이들을 사랑이라고 여깁니다
한줌 호흡이
중력도 없이 내 몸을 드나드는 것도
쇠락해진 마음결을 다스리는 것도

*울음수레 : 울고 떠나는 모습을 수레에 비유
*돌다리 : 조그마한 나무다리

A 병동 2318호 29

(C V)

사랑을 치유받기 위해
일곱 나라 무지개를 찾습니다
붉은 사막을 지나서
스핑크스의 수수께끼를 기다립니다
왜 왔느냐?
생의 기원을 찾으러 왔습니다
돌아가거라
돌아왔습니다
내 몸이 어둠에 잠길 때
태초의 암흑을 보았습니다
요동치는 죽음과 마주쳤습니다
–몽환夢幻–
월면 복을 입고 대략 열두 시간,
지구를 떠났습니다

*스핑크스 : 그리스로마 신화

A 병동 2318호 30

(C V)

꽃 진 가슴에도 달 뜨는가?
나는 몰래 몰래 육신을 벗어나
종이등도 없는 꾸불텅 밤길을 걷네
죽음의 꿈 꽃을 피우며
어둠의 바다를 건너네
햇무리를 지나 십대동천에 이르도록
언약도 없이 헤어진 그대,
그대는 바람살에 다치지 마라
울음 산을 오르면서
쇠겨울을 날 수나 있을까?
시드러운 세월을 살았을 그대에게
다만,
그대의 슬픈 모습이 슬플 뿐이다

A 병동 2318호 31

(C V)

이별이라는 두려움을 싣고
카트는 응급실을 향합니다
작달비에 젖었던
지난 삶도 사치였습니다
홀로인 그대,
그대는 나무새처럼
겹구름 허공만리
애저린 눈물만 흘리십니다

*작달비 : 굵고 거세게 퍼붓는 비

A 병동 2318호 32

(C V)

둘이서 하나 되어 걸음동무를 합니다
눈물고개 도란거리면서 봄을 걷다가
띠꽃 가녀린 가슴에 열꽃을 피우기도 합니다
걸음걸음 소금꽃 사랑을 키우면서
늦노을 아련히 바라보다가
뜬 세월도 꽤 괜찮았으므로,
남은 시간 살바람도 잘 피하자고
마음 바라기를 합니다
어쩌면 여섯 구비 여울진 계곡마다
삶의 편지가 한 장씩 놓여 있었을지 모릅니다
아직은 열어볼 수 없는 마지막 편지를
바늘햇살 여린 띠배에 실려 보냅니다

A 병동 2318호 33

(C V)

환영幻影에 빠져듭니다
허물벗기를 합니다
몸이 그림자 속으로
사라집니다
다만, 울음 꽃
미처 빠져나가지 못한 체온 속으로
수액이 스며듭니다
유성처럼 떨어지는 알갱이를
할 일없이 세고 있습니다
세다 말고 슬픔중독에 빠집니다

A 병동 2318호 34

(C V)

사랑아
보스랑눈 내리는 날
숫눈길 홀로 걷는
떼꾸러기 보아라
붉은 혈관으로 얼음달 떠올라
설운 세상 아니라도
눈물처럼 뚝뚝 떨어지는
시린 물방울
서녘하늘 찬 노을이거나
자박자박 목련촛불 같은
0.45% 염화나트륨

*보스랑눈 : 가볍게 내리는 눈
*숫눈길 : 눈이 내려 아무도 지나지 않은 눈길
*떼꾸러기 : 늘 떼를 잘 쓰는 사람을 일컫는 말

A 병동 2318호 35

(C V)

왜바람 탓만 아니리
열명길 바빠 문 닫힐 짬이 없으니
사람아
하루 숨이라도 더 쉬거든
구절초 한 송이도 예사롭게
지나치지 말고 묵상하라
너는 하늘의 자식
밥 잘 먹고,
명을 잘 다스리고,
아침, 저녁 식후 삼십 분
줄 풀기도 잘해라

*왜바람 : 방향이 없이 함부로 부는 바람
*열명길 : 저승길

A 병동 2318호 36

(C V)

지난날을 생각하면
논낱처럼 쏟아지는 꽃울음
하늘 산을 오르리
안개 바다를 건너리
되돌아가기에는 너무 멀어서
그만 둥글 소
매암돌이
이천십삼 년 구월
병상에 높다라이 앉아
skin test, vital sign
C V, 환자인식표
중증의 Angina pectorals
결국 가슴앓이

*논낱 : 노박이로 쏟아지는
*꽃울음 : 꽃처럼 붉고 속 아린 울음
*Angina pectorals : 협심증

A 병동 2318호 37

(C V)

돌사닥 심장에
붉은 산 여울이 흐른다
혈관 속 여섯 난쟁이가
여섯 징검다리를 팔짝거리면서
바뀌진 삶의 지도를 걷는다
외롭지 마라
두근거리는 가슴으로
열망과 애증이 요동을 치고
먼 길 떠나는
환우들의 통로가 아득하다

*돌사닥 : 돌층계

A 병동 2318호 38

(C V)

바람 동무하는 것이겠지,
홀로 울거나 울음소리 삼키거나
호흡이나 맥박이나 혈압이나
체온을 재는 일도
지락지락 열매 맺듯
몸 안에 슬픔이 쌓이는 것도
혈당관리 잘하세요,
참나무 아래
도토리 굴러가듯 가벼운 조크에
눈인사를 하는데
나무南無를 떠올리는 것은 무슨 일?
자리덧 인생이겠지,
몸 뒤척이면서
지난 사랑 곱씹으면서
운동 열심히 하세요
스트레스 받지 말고 약도 잘 드시고

*지락지락 : 열매가 많이 열려있는 모양
*자리덧 : 낯선 곳에서 잠 못 이루고 뒤척이는 증상

A 병동 2318호 39

(C V)

하늘과 달과 별과 물과
씨 맺는 채소와 씨 가진 열매와
번성하라 새, 물고기, 짐승, 인간
그들의 노동을
신의 섭리를, 안식을
심장을……
모세혈관을
바람을, 섶벌을
그들의 상관관계를
사르트르를
사랑을,
사랑을 빙자한 온갖 음모를
2318호에서 엿듣다

*섶벌 : 토종일벌

A 병동 2318호 40

(C V)

건조해진 영혼이
사붓사붓 걸어 나간다

A 병동 2318호 41

(C V)

망초구름 아래
어머니를 그립니다
젖비 내리는 하늘을 바라봅니다
가슴에 막개질을 합니다
자리걷이도 없이 등걸음칩니다
천 개의 신음을
천 개의 가슴에 묻습니다
심장에 안개꽃이 피었습니다

*막개질 : 방망이질

A 병동 2318호 42

(C V)

육신과 영혼의 상관관계
배냇 기억과 이별의 메커니즘
눈물심장
국소마취
아스클레피오스와 초콜릿
폐쇄, 협착증, 풍선
파동
시간
죽음꽃, 맥박
안개구름, 돌연사
내일 홍게닭이 울까?

*아스클레피오스 : 의술의 신
*홍게닭 : 새벽닭

A 병동 2318호 43

(C V)

묵시적 죽음이

마음 밭에 놓여있다

A 병동 2318호 44

(C V)

외돌아 앉은 심장으로
가쁜 호흡이 흐릅니다
작은 새의 두근거림이
가슴을 스칩니다
나의 임시 거처는 2318호
병실에 애절한 바람이 입니다
삶을 재촉하지 말아요
남은 생을 상여금이라고 여기세요
박봉이었을 지난날을 생각하면
얼마 되지 않을 돈일 텐데……
좋은 일만 생각하세요

A 병동 2318호 45

(C V)

여섯 개의 화살이

물이끼 어두운 골목을 지납니다

그것도 모자라서

풍선 한 개 날립니다

*물이끼 : 오래된 것을 비유한 말

A 병동 2318호 46

(C V)

혈관에 바코드를 찍는다
비밀부호는 C V,
어느 생인들 사랑 없을까
어느 삶인들 그리움 없을까
밤낮없이
링거에 의지하면서
실금 위태로운 그림자를 찾는다

A 병동 2318호 47

(C V)

백만 개의 가시가 가슴을
찌릅니다
심장을 파고드는 죽음이 있습니다
눈물과 어둠과 무의식과
카트와 소음과
진통제와 수면유도와
부산한 움직임과
호흡기와 속수무책,
생명유지와 통증과 혼절과……,
넋이 나갔습니다

A 병동 2318호 48

(C V)

야윈 혈관에
물수제비를 뜹니다
꽃바람 불듯
물구름 일듯
여섯 물방울이
실핏줄 여린 앙가슴으로
둘레춤을 추면서 갑니다

*둘레춤 : 꿀벌들이 근처에 꽃밭이 있다고 추는 춤

A 병동 2318호 49

(C V)

사랑하는 사람아
내가 그립거든
은하수를 지나 일곱 별자리를
찾으려무나
여행길 창밖엔 바보달이 떠있고
바람살에 시달린
심장이 모스부호를 보낸단다
"cardiovascular disease"
솔곳이 귀 기울이면
명촉의 속삭임이 들리고
나와
내 삶의 그림자가 놓여있는 곳
너와 너의 사랑이 숨 쉬고 있는
곳이란다

*바보달 : 낮달
*cardoiovascular diseasc : 심혈관질환

A 병동 2318호 50

(C V)

가슴속 작은 방에
여분의 삶이 들어있습니다
배내기 때 없었던
설움이 머물고
노을 속으로 사라진 풍선이
매달려 있습니다

A 병동 2318호 51

(C V)

노을 진 달개방에
유리 꽃이 피었습니다

*달개방 : 달아낸 방

A 병동 2318호 52

(C V)

바람살에 아픔 심기를 합니다
황소숨에 귀잠이 듭니다
쇠드랑볕 한 줌 들지 않은 심장에
새순바래기를 합니다

*바람살 : 고된 시련
*황소숨 : 황소가 가쁜 숨을 몰아쉬듯 쉬는 숨
*귀잠 : 깊이 든 잠

A 병동 2318호 53

(C V)

허정이는 가슴이
사랑 때문일 줄 알았는데
혈액량 감소 탓이랍니다
조매로운 마음에
어지럼병이 든 줄 알았는데
심맥관 허탈이랍니다

*허정이는 : 비틀거리는
*조매로운 : 조바심 나는

A 병동 2318호 54

(C V)

눈물꽃 눈물고개 넘어갑니다
기러기 울음으로 넘어갑니다

그대

시름살 가슴이
종이 심장으로 어지럽습니다

A 병동 2318호 55

(C V)

은결들더니……

stent insertion &

five one

*은결들다 : 상처가 내부에 생기다

*stent insertion : 시술

A 병동 2318호 56

(C V)

내 생체주기는 육십일
일백이십 개의 꽃망울이
일천이백 개의 꽃잎이
쓰거나 떫거나 오종오종 손끝에 매달려
양귀비꽃으로 피었습니다
생금 같은 사백칠십 원의 진료비와
육만칠천 원의 목숨 값은
사스락담으로 둘러싸인 혈관 탓입니다
부처꽃 붉은 솔개 그늘 아래
오늘은 부슬부슬 비가 내립니다

*사스락담 : 자질구레한 돌로 쌓은 담

A 병동 2318호 57

(C V)

밤드리 일곱 별을 바라봅니다
꽃벼락 사랑이
서리무지개로 흩어집니다
영혼이 거친 호흡 속으로 드나듭니다

생이가 중중거리네
목숨대궁이 바람 끝에 흔들리네

선홍의 물방울이
도드라진 혈관으로 흘러갑니다
매골든 몸뚱이가 뒤뗭밭으로
사라집니다

*생이 : 새의 제주 방언
*매골 : 살이 빠지고 파리해진 사람 꼴

A 병동 2318호 58

(C V)

별자리만큼 아득한 삶을
별자리를 따라서 새깁니다
하나 둘,
흐릿해지는 앞날을 바라보며
셋 넷,
혈관 속 다섯과 여섯을……
아프지 말거라
어머니의 당부를 지킬 수 있기를
일곱 목숨 줄은 새기지 않기를
소원합니다

A 병동 2318호 59

(C V)

국소마취, 조기치료, 비밸브재건술,
편두통, 인후통, 수면장애, 의욕상실,
수술부위, 위험부위, 염증위치 부작용,
합병증, 코네비게이션장비,
자연동, 비강, 내시경, 식염수, 세척기,
온라인, 카카오 상담, 후기 리얼 스토리,
대퇴동맥, 요골동맥,
guiding catheter, 유도도관,
유도철선, 풍선도자, 절제도자,
레이저도자, 관상동맥스텐트, 부활절, 환생
신화, 기적, 재활, 재활의 염원을,
관상동맥 입구에 가지방식매듭 매듯,
석씨매듭 매듯 협착 병변을 넓힌다
기쁨도 없이 환희도 없이
청보리가슴에 줄줄이 엮는다

*청보리가슴 : 푸르게 서슬 돋힌 가슴

A 병동 2318호 60

(C V)

제국은 무너졌다
넘치는 에너지와
황금빛 태양은 빛을 잃었다
생명줄 곳곳에는
바늘꽃 나른한 오후의 게으름이
자리 잡고
바다 끝으로 떠밀린 영혼은
숨비소리 연약한 삶을 토하느니
유전자 돌연변이에게 침탈 당한
혈관과 더불어
나는 살아야 한다
꿈벌레 위태로운 몸을 껴안고
살아가야만 한다

A 병동 2318호 61

(C V)

오랜만이구나
아직은 낯선 중환자실
원시의 차가운 물이
천년을 날아와
몸 구석구석을 헤집는 밤

A 병동 2318호 62

(C V)

달과 지구의 중간쯤 되리
중력도 없이 나는
느린 걸음을 걷네
호스를 통해 내려오는
허기진 하루를
혈관 속으로 흘려보내네
마른 풀로 눕거나
병상에 드리운 나주볕을 쬐면서
버려진 것들,
버려진 지난날들을 돌아보네

*나주볕 : 저녁 햇살

A 병동 2318호 63

(C V)

나는 꿈,
의식 없이 침상에 누워
바심살이를 하네
가슴속 응어리를 떼어내네
누군가
적출이라는 이름으로
내 몸의 일부를 끄집어내고
환생이 시작되네
어별다리를 건너
어머니도 없이 태어나네

*바심살이 : 물건을 다듬어 작게 만드는 일
*어별다리 : 물고기와 자라 따위가 모여 사람이 그 위로 건너갈 수 있도록 한 상상의 다리

A 병동 2318호 64

(C V)

시든 혈관을 조영합니다
삶을 되뇝니다
물 많이 드세요
남은 생 부작용 없이 보내세요
달빛 으스름히 조각마음 드는 밤
발잔등 시무룩이
칠성판을 두드립니다

A 병동 2318호 65

(C V)

알약들이 다가와
공기놀이를 하자고 합니다
두 개도 줍고 다섯 개도 줍습니다
스무 개를 줍기도 합니다

A 병동 2318호 66

(C V)

하얀 벽과 하얀 시트와
하얀 가운과
하얗게 질린 얼굴이
하얀 문 앞에 섰습니다

A 병동 2318호 67

(C V)

혈액이 머릿속에 뭉쳐 목숨줄을
노립니다
심맥이 담박질하면서 마음을
헤집습니다
몸을 빠져나온 영혼이
제멋대로 맥박을 재고 있습니다

삶이 소용돌이칩니다
혈압이 최고치를 향합니다
원인 모를 열이 오릅니다

A 병동 2318호 68

(C V)

서럭 서럭 눈 내리는 것도
눈썹달 바라보는 것도
마음 밭에 소곰발 새기는 일
도래천에 물굽이 위태로운 것도
가슴에 거미줄 치는 것도
속바람에 피검불 걷어내는 일
티끌세상 도담도담 자라는 것도
꽃등으로 되돌아가는 것도
진솔바람에 어머니 만나는 일
나는 어느 달 물결에 흔들리는가?

*도담도담 : 어린아이가 탈 없이 잘 놀며 자라나는 것

A 병동 2318호 69

(C V)

갑이별을 합니다
하늘 문을 두드립니다
흘레바람에 꽃눈이 지고
간헐적 죽음이 다녀갑니다
꿈일 듯 들머리에 앉아
호박떼기 옛 시절을 그리는데
어서 오라 슬며시 열리는
an operating room

*호박떼기 : 어린이들이 서로 머리를 마주 밀며 노는 놀이
*an operating room : 수술실

A 병동 2318호 70

(C V)

어김다리를 건넙니다
외눈부처를 찾습니다
나는 욱기,
농바리 어우러지던 지난날을 그리며
발편잠을 자려합니다
방아품이 호사였습니다
행여 놓칠세라
그들은 밤새 관찰을 늦추지 않습니다
고양이도 그랬습니다
황달, 빈혈, 케톤체, 갑상선
특이체질, 식단조절, 조기진단,
게으른 사람처럼
꽃장지에 앉아 나를 바라보거나
종이새를 타고 날았습니다

*어김다리 : 길이 만나는 곳에 어긋나게 놓은 다리
*외눈부처 : 매우 소중한 것을 비유적을 표현
*욱기 : 앞뒤를 헤아리지 못하고 욱하는 기운
*농바리 : 아이들 놀이
*발편잠 : 근심 걱정 없이 마음 놓고 편히 자는 잠
*방아품 : 남의 집에서 방아를 찧어주고 받는 품
*꽃장지 : 꽃이 무성한 곳

A 병동 2318호 71

(C V)

휠체어를 거부하거나
검사실을 찾거나
풋 낯으로 병실을 기웃거리거나
해거름에 동무들을 배웅하거나
배착걸음을 걷거나
발탄강아지였을 나는
비꽃 우두커니 바라보거나
바람도 없이 비틀거리거나
덴가슴 어지러이 침상으로 스미거나
나래길 바라보거나

*풋 낯 : 서로 겨우 낯을 아는 정도
*배착걸음 : 다리에 힘이 빠져쓰러질 듯 힘겹게 걷는 걸음
*발탄강아지 : 일없이 쏘다니는 사람을 비유
*나래길 : 나아갈 길

A 병동 2318호 72

(C V)

꽃발 가듯 한길을 지나네
혈관 속 붙박이별을 보러가네
길목에
붉은 별똥별이 휠체어에 앉아서
알음도 없이 흰수작을 하네
안부를 묻네
한고비 잘 넘겼다고, 후더침을 주의하라고
의사가 할 말을 해주면서
나비눈을 뜨네

*꽃발 : 짐승이 잠잘 곳을 찾아갈 때 사람이나 다른 짐승에게 들키지 않으려고 빙빙 둘러서 가는 길
*후더침 : 거의 낫다가 다시 더친 병
*나비눈 : 못마땅해서 사르르 눈을 굴려 못 본 체 하는 눈짓

A 병동 2318호 73

(C V)

마침내 해탈
좁아진 혈관을 흐르는 이십 초의 삶과
명을 가르는 십 초의 시간 동안
나는 무엇을 해야 하나?
한가한 마음과 달리
백팔번의 맥박과
시속 육백만 킬로의 혈액이
내 몸을 휘감아
적바림도 없이 뒤안길을 향하네

*적바림 : 나중에 참고하기 위해 간단히 적어둠

A 병동 2318호 74

(C V)

풋심내지 말라
치렛거리 없이 지내라
배밀이를 하거나
몸태질을 하거나
삶을 가볍게 여기지 말라
속바람 일으키지 말라
어머니 마주앉아
서리꽃을 피웁니다

*치렛거리 : 모양새를 꾸미기 위한 여러 장식품

A 병동 2318호 75

(C V)

도플러 초음파, 경동맥초음파
초음파 영상법,
뇌혈관 초음파, 경부혈관초음파
혈관초음파, 심장초음파를
진실을 요구하는 무언의 쉰들러를,
실구름 아득히
사랑과 기도와 그리움과 눈물과
회한을……
빛을 잃은 내 별을 그들에게 맡긴다

A 병동 2318호 76

(C V)

고갱이가 그립네
어머니보다 사십 년을 더 살아
댓두러기 되겠네

*고갱이 : 어머니가 김장 하실 때 옆에서 얻어먹던 배추 줄기 한가운데 연한 심
*댓두러기 : 늙은 매

A 병동 2318호 77

(C V)

이제야 꽃이 보이네
그들의 향기를 느끼네
채송화, 나리, 맨드라미
민들레, 원추리, 얼레지
귀잠이 되도록 잊고 지냈던
친구들의 이름도 떠오르네

*귀잠 : 살이 빠지고 파리해져서 못 쓰게 된 사람 꼴

A 병동 2318호 78

(C V)

바람독이 들었단다
피검불이 맺혔단다
무지개다리를 건너서 이슬 꽃을 피울까?
잿길 따라 청포도를 심을까?
고양이 걸음으로 슬펐단다
자글거리면서
불현듯 찾아드는 이별을 마주했단다
그녀가 그랬단다

*잿길 : 언덕배기로 난 길
*자글거리다 : 무슨 일에 걱정이 되어 마음을 몹시 졸이다

A 병동 2318호 79

(C V)

이름처럼 불리는 명칭

serum electrolyte, blood sugar,
cbs, Iv, permission
coma, tenderness, angina pectoris,
chest pain, ultrasound,
dyspnea, immunity,
sudden cardiac death,
irreversible change, history,
Primary insomnia

다만 일차성 불면증일 뿐인네

전해질검사, 혈당검사
혈액검사, 정맥주사, 환자동의
혼수상태, 압통, 협심증
흉통, 심장초음파, 호흡곤란, 면역,
돌연사
꽃처럼 돌아오지 못할 변화를,
어떻게 아픈지
어떻게 병원에 왔는지의 구두 기록

A 병동 2318호 80

(C V)

해거름에 유리 몸을 눕히네
마음자락을 기대기도 하네
가슴을 짓누르는 통증은
세상이나 병원이나 비슷하네
pain(고통)
Emergence room(응급실)
intensive care unit(중환자실)
더 이상 물러설 곳이 없네

2부

B 병동 2657호

B 병동 2657호 81

(C V)

가을꽃을, 가을국화를
가을바람을
노인병동의 가을하늘과 가을볕을
가을볕의 따뜻함과 온화함을, 스산함을
멈춘 가을 달을
가을 구름을
어둠을, 어둠의 시간을
가을별을
가을별에 잠긴 사랑을,
인생을, 인생의 가을을 아이처럼 뒹굴면서
가을의 풍요를,
가을병실의 적막을 온몸으로 받아들인다

B 병동 2657호 82

(C V)

전생이 봉황이었을 너에게
심심한 사의를 표한다
난전의 소란과
질퍽이는 거처의 불편함에도 불구하고
당당한 모습으로 먹이를 쪼고
우람한 날갯짓과 우짖음으로써
주위를 제압하며 수컷의 용맹을 떨치는
너는 주작, 공룡의 후손(?),
어쩌다 영어囹圄의 몸이 되어
닭갈비 황금레시피, 닭백숙 황금레시피,
닭가슴스테이크라는 별칭과
닭대가리니, 계륵으로 불리긴 해도
어둠을 물리치는 천리채,
모가지를 비틀어도 해를 띄우는 짐승,
볏을 벼슬로 둔갑시키며 윗자리를 차지하고
조익관 더불어 풍운아로 불리는 너
-와 달리
나는 저승사자 기다릴 듯 노끈에 묶여

황금래시피의 위용을 펼치지 못했구나
이웃의 가슴을 따뜻하게 보살피지 못했구나
군계일학이니 삼계탕이니 조롱을 받더라도
너는 낮은 곳으로 임하여 인간의 몸을 뜨겁게 달구고
육덕을 보살피는데 한 치의 벗어남이 없도록 해라

B 병동 2657호 83

(C V)

영혼이 빠져 나간다
영문 모를 가출을 술 탓으로 돌리면서
"라의 천칭"에 몸을 올린다
245 ㎜Hg(수축기혈압)
180 ㎜Hg(이완기혈압)
99 Pulse/min(맥박)
39.8℃(체온)
86kg − 8.1.8kg= 4.2kg
(몸무게 순간이동4.2kg)
(영혼이 빠져나갔음을 증명)
*인간이 지닌 영혼의 무게는 21.2621g(근거 있음)

체온, 맥박, 혈압의 비정상적 원인을……
*진실과 정의를 지키지 않으면 우주의 질서가
무너지는 것을 아느냐고 묻는다
거창한 질문과 함께 형편없는 생체나이에
실망감을 감추지 못한다
모릅니다(통속적인대답, TV에서 배움)

*갈대 펜을 든 간호사가 파피루스에 천칭의 결과를
기록하고
오시루스의 심판에 따라 B병동 2657호에
격리 수감된다

올 것이 왔다
일곱 번의 채혈을 열네 개의 튜브에 담다
혈관 길이 12만km
지구 둘레 세 바퀴
마라톤 풀코스 42.195km의 2800배
경부간 고속도로 140번 왕복
– 시간은 대략 20초
그랬구나, 천방지축
짧은 시간에 생각 없이 인생의 길을 걸었구나,
걸어왔구나, 허비했구나,
그래서 가슴이 아팠구나
그랬다면 괜찮다
막혔어도 괜찮다
진즉 알았더라면 무섭던 통증도
행복이었을 것을, 괜찮다
지금이라도 괜찮다
아직 아픔이 남아있다면 아픔에 길들일 수
있다면

남은 시간이 남아있다면 괜찮다

송림 너머 아득히 푸른 하늘이 있다
바다가 있고 어부가 있다
손 때 묻은 어부의 작은 배에 행복이 실려 있다
(그럴 것 같다)
푸른 길을 걷던 때가 언제였을까?
푸른 가슴에 푸른 꿈을 품을 때는……
시간을 찾아갈 시간이 없다
부족하다
나를 스쳐간 모든 것들과 함께
처음처럼 나는 그 자리에 있다

나는 누구일까?
어머니는?
아버지는?
형제는, 이웃은, 가족은?
갈대숲 좁은 길을 지나서 해오라기의 친구가
되고 싶다
*영혼이 담긴 내 심장의 무게를 마하트의 깃털에 맡긴다

가슴은 여전히 아프다

*고대 이집트인의 죽음에 관한 기록을 인용

B 병동 2657호 84

(C V)

초속 0.183방울의 링거액과
(약한 혈관 탓으로 추정)
혈액 역류,
혈당체크, 혈압, 체중
체온, 채혈, X-ray
기도, 관심, 관찰, 걱정, 위로
진통제, 금식, 부비동……
심박계
수술, 수술실
수술용 환자복, 수술용 링거액
수술용 몸이 요동을 친다

하늘 뜨락 꽃이 유난히 붉다

B 병동 2657호 85

(C V)

所見

血小板數値(非正常)

糖化血色素(非正常)

血壓 (非正常)

脈搏 (非正常)

體溫 (非正常)

年齡 (非正常)

姓名 (非正常)

性格 (非正常)

生活習慣 (非正常)

成長環境 (金匙箸)

處方

木石草花 知足常樂

B 병동 2657호 86

(C V)

오후 아홉 시
생체시계가 멈췄으므로
전생을 보아라
시든 영혼을 위한 기도가 한창이다
네 머리맡으로 어둠이 내리고
상심하지 마라
미래가 없으므로 슬픔도 없다
고통과 통증을 수반했던 지난날이 사라진다
두고 온 세상의 빛과 시인의 감성과
몇 편의 시가 남았지만
의식과 함께 기억이 흐려진다
다만,
사랑하는 이의 소망대로 세상 밖을 서성이지는 마라

B 병동 2657호 87

(C V)

선홍의 손톱 달을 측정지에 올려
순도를 잽니다
백분율이 없는 순결을 가늠합니다
혈당검사, 당화혈색소,
망막변증,
신기능장애,
췌장베타세포기능이상
세포의 인슐린저항성문제
식이요법, 운동요법, 약물치료
주기적인 통원치료를, 체중조절을……,
기준치를 넘어선 지 오래,
사랑으로 눈먼 줄 알았는데
감당 못할 복병 땜에 앞가림을 못합니다

B 병동 2657호 88

(C V)

시멋없이 병실에 들어앉아서

세 돌림에 들병장수라도 해야 하나

푸서리에 몸을 눕혀야 하나

막추위를 피하지 못하고

꽃불무덤 심심히 지새는 달, 달아~

*시멋없이 : 망연히, 쓸쓸히
*세 돌림 : 세상의 따돌림
*푸서리 : 풀이나 나무 따위가 우거진 곳
*막추위 : 예측하지 못한 추위
*꽃불무덤 : 죽음의 상태
*지새는 달 : 먼동이 튼 뒤 서쪽 하늘에 보이는 달

B 병동 2657호 89

(C V)

불치병이랍니다
눈이 멀고 사지가 무력해지고
불안, 초조, 신경과민, 식은땀,
손발이 떨리고 가슴이 뛰고 어지러우며,
(첫사랑의 조짐도 보임)
활성산소를 제거해야 하며
1형, 2형의 유전적 요인을 의심해야 합니다
비정상적인 식욕,
신기능장애, 신경병증
심혈관계 질환 위험, 합병증
인슐린, 투석 외
영생과 부활을 믿고 말고
열병인지, 화병인지
한 겨울에 얼음물로 입맛을 다십니다
노을 붉은 달을 토합니다
빛 슬픈 창으로 샛강이 흐릅니다

B 병동 2657호 90

(C V)

나는 쌀밥을 먹어서는 안 됩니다
탄산음료, 유자차, 설탕,
엿, 가당요구르트, 잼, 시럽,
초코우유, 장어, 아이스크림,
술, 술, 술~ 도 안됩니다
사탕은 비상식량입니다
우유는 저녁 아홉시 전에 먹어야 합니다
섬유소가 풍부한 식품과 처방된 음식,
잡곡 70g, 가자미 50g, 잣 1큰스푼
귤 120g, 당근 70g, 닭살 40g(더 먹으면 돋음) 등
일정량을 복용(?)합니다
나는 혈중지방의 정상화와 체중유지,
합병증으로부터 자유로운 균형 잡힌 식사를
해야 합니다
한 잔의 와인(?)은 예외입니다
(개인적인 소견입니다)
나는, 내 인생은 소프트웨어입니다
그 외, 부족한 삶은 의사선생님의 식사요법
재입력 프로그램을 따라야합니다

B 병동 2657호 91

(C V)

노동력상실을 告합니다

성령의 열매를 맺지 못하고
죄의식도 없이 죄를 고해하는
죄악을 告합니다
洗禮聖事의 의식을 치르지 않고
告解聖事를 하고 있는 무지를 告합니다
창밖에 안개바람이 일고 있습니다
끝내 기도하지 못한 영혼을
애써 외면한 거짓들을 告합니다
지난 삶의 가벼움과 빈곤한 정신과 육체적
고통이 한 몸인 것을 깨닫지 못했습니다
칠은을 지니지 못하고 살아가는 영혼의
어리석음을 告白합니다　Nnovitiatesir

-고해성소 2657호-

B 병동 2657호 92

(C V)

청춘이 지난 지 오래
낭만이 사라진 지 오래
고립무원에 유배된 지 오래
세월아 가거라!
은산철벽 아래 멍석 깔고 누운 지 오래
까막까막 퇴원 날짜 기다린 지 오래

*까막까막 : 한 없이 기다리는 모습

B 병동 2657호 93

(C V)

죄다짐을 하네
심장초음파, 약물부하, 심초음파,
운동부하, 심근스펙트검사,
관상동맥조영CT,
혈관확장제, 항협심증약물, 스타틴
심근경색, 심방세동, 협심증
베타차단제, 칼슘통로차단제,
알파차단제
저승길에 색色바람 불겠네, 불겠네
가든 길 못가겠네

*죄다짐 : 지은 죄를 뉘우치는 일
*색色바람 : 여러 가지 색깔로 채색되어 있는 바람

B 병동 2657호 94

(C V)

나는 노랑꽃,

가을부채,

일당 잡이 뱅엇배도 못 타겠네

갈개잠에 딸꾹울음 울겠네

*노랑꽃 : 제대로 먹지 못해 누렇게 보이는 기운
*가을부채 : 철이 지나 쓸모없게 된 물건
*갈개잠 : 이리저리 뒹굴며 자는 잠
*딸꾹울음 : 딸꾹질하며 우는 울음

B 병동 2657호 95

(C V)

사대육근에 거뭇발어둠이 내리네
권태감, 발진, 두통, 식욕부진
수면장애, 운동능력감소, 저혈압
어지러움, 갈증, 안구충혈, 현기증,
입술마름, 안면홍조, 소양감, 하지부종,
심계항진, 부종, 성기능장애, 통풍, 간성혼수,
무기력, 위장장애, 오심, 발기부전,
당뇨, 고밀도콜레스테롤, 구역, 뇌경색
신부전증, 수족냉증, 호흡기질환
기립선저혈압, 성기능약화,
딸꾹울음이 그칠 날 없겠네

B 병동 2657호 96

(C V)

신경성입니다
몸과 마음은 둘이 아니고 하나입니다
뇌와 척수, 신경이 정서적 심리적으로
연결되어 있습니다
외부적 자극이 정신적 자극으로 나타나기도 합니다
공황장애, 우울증, 과로증후군,
불안, 자의식, 예술적 감수성,
적대감, 충동, 기능적 소화불량,
가슴이 답답하고 호흡장애증상도 포함됩니다
명상을 하세요
산소포화검사, X-ray, Pet 검사도
필요합니다
아로마, 향초, 음악, 영화감상도 도움이 됩니다
신경성 대장증후군, 신경성 난청
신경성 식욕부진, 신경성, 신경성
신경성, 신경성 위염,
마음을 비우세요
마음을 비우자면 몸은 또 어디로 갑니까?

B 병동 2657호 97

(C V)

병실에 재넘이바람이 입니다
하늘 문이 열립니다
다라니꽃들
열린 문으로 눈물길을 따라 갑니다
마음으로는 살풀이굿도 합니다
환우들의 눈길을 받으며 들메끈도 없이
떠나갑니다
누군가 그를 대신해서 버튼을 누르고
승강기는 천국을 향합니다
B1
눈 맞춤도 없이 지하로, 지하로

*다라니꽃들 : 공덕을 비는 진언의 모습을 꽃으로 비유
*들메끈 : 신발이 벗겨지지 않도록 동여매는 끈

B 병동 2657호 98

(C V)

괭이잠을 자고
다복솔 부스스한 모습으로 아침을 맞고
술적심도 없이 입치레를 하고
링거대에 끌려 검사실을 가고
병실에 없더라?
소주잔에 꽂아 둔 들국의 향기가 꽃술 같고
어느 땐데 술타령이냐!
오갈 곳 없는 중생이 머물 곳은 병원이구나
바다가 그리워 영상통화를 하면
제주도 옥색 바다海璘가 눈에 밟히고
나는 누구냐
잔조로운 가슴에 수땅불 타듯 왜 아프냐?
자판기 앞을 서성이며
내 몸의 파라다이스는 어디냐?

*다복솔 : 가지가 많이 퍼진 어린 소나무
*수땅불 : 달아오른 숯불

B 병동 2657호 99

(C V)

막판장터 헤맬 듯
뜨막 세상 보낼 듯
항라적삼에 삼복더위 지낼 듯
마음꽃 피울 듯
봉창에 달그림자 스밀 듯
얼음산맥 넘어 갈 듯
바래기 없이 사랑 할 듯
세월이 흐를 듯 흐를 듯
여기까지 왔구나 2657호
가재걸음 걷듯 부엉이살림 쌓듯
노루글 읽듯

*뜨막 : 사람들의 왕래나 소식이 자주 있지 않다
*가재걸음 : 뒷걸음질 하는 걸음
*노루글 : 내용을 건너뛰며 띄엄띄엄 읽는 글

B 병동 2657호 100

(C V)

공명도 없이
소라껍데기의 울음이 스며있는 곳
과거와 현실이 공존하고
용의 전설이 숨 쉬는 곳
평생 구름밭을 일구다
훈장처럼
가슴에 생채기 하나씩 매단 채
무용담으로 밤이 깊고
입원과 퇴원을 반복하는 환우들의 안식처,
최후의 격전지 "노인 병동"

B 병동 2657호 101

(C V)

나는 근심주머니
십삼 월을 바라봅니다
구름덩어리 흘려보냅니다
삶을 축내거나
병실 밖 세상사에 귀 기울입니다
나는 또 슬픔주머니
지난 일에 눈물 훔칩니다
병상에서 서로의 일상을 묻고
별 것 아니라고 서로를 위로 합니다
별 것 아닌 것이 아닌데
별 것 아니라고 말합니다
겅슬하게 살아온 삶처럼 그랬습니다
별 것 아니라고

B 병동 2657호 102

(C V)

삶,
융화되지 않는 사랑
융화되지 않는 고통
질병분류코드K
순환계통의 질환 I00-I99
I20 Angine pectoris
Sudden cardiac death(갑작스런 심장사)

B 병동 2657호 103

(C V)

신화창조, 과학, 스페이스셔틀,

상상, Baby, 애틸랜티스

우주론, 신의 존재

지식, 문명, 기원, Bible, 반증자료

탄생, 축복, 삶,

빅뱅, 존재, 환상, 관념, 천국

꿈, 허구,

기도, 진리, 계시록,

트라우마, 정신분열, 철학, 진통, 고뇌

의학, 의술, DNA,

게놈 지도에도 없는 신경망의 존재 "통증"

B 병동 2657호 104

(C V)

볏바리도 없이 손청방에 누워
치자방울 아득히 풀 꽃등을 밝히겠네

*볏바리 : 곁에서 도와주는 사람
*손청방 : 사랑방
*치자방울 : 그네가 닿도록 높이 달아놓은 방울

꽃 진 가슴에도 달 뜨는가

양동채 지음

발 행 처 · 도서출판 청어
발 행 인 · 이영철
영 업 · 이동호
홍 보 · 이용희
기 획 · 천성래
편 집 · 방세화
디 자 인 · 이해니 | 이수빈
제작부장 · 공병한
인 쇄 · 두리터

등 록 · 1999년 5월 3일
(제321-3210000251001999000063호)

1판 1쇄 인쇄 · 2019년 4월 10일
1판 1쇄 발행 · 2019년 4월 20일

주소 · 서울특별시 서초구 효령로55길 45-8
대표전화 · 02-586-0477
팩시밀리 · 02-586-0478

홈페이지 · www.chungeobook.com
E-mail · ppi20@hanmail.net
ISBN · 979-11-5860-634-3(03810)

이 도서의 국립중앙도서관 출판시도서목록(CIP)은 서지정보유통지원시스템 홈페이지(http://seoji.nl.go.kr)와 국가자료공동목록시스템(http://www.nl.go.kr/kolisnet)에서 이용하실 수 있습니다.(CIP제어번호: CIP2019011577)